CW00666214

Testi e illustrazioni: Silvia Serreli
Progetto grafico: Romina Ferrari
Redazione: Silvia D'Achille

www.giunti.it

Via Bolognese, 165 - 50139 Firenze - Italia
Piazza Virgilio, 4 - 20123 Milano - Italia
Prima edizione: novembre 2017
Prima ristampa: gennaio 2018

Stampato presso Lito Terrazzi srl, Stabilimento di Iolo

SILVIA SERRELI

TEA

IL LIBRO DELLE EMOZIONI

TEA
È IMBARAZZATA

DA QUALCHE GIORNO LA CLASSE DI TEA È MOLTO IMPEGNATA: INSIEME AL MAESTRO CARLO E ALLA MAESTRA ELGA, I BAMBINI STANNO PREPARANDO LA RECITA DI PRIMAVERA.
SARÀ UN GRANDE AVVENIMENTO CHE COINVOLGERÀ TUTTA LA SCUOLA!
IN PALESTRA È GIÀ STATO MONTATO IL PALCO DI LEGNO E LE SEDIE PER GLI SPETTATORI SONO DISPOSTE IN LUNGHE FILE.
A VEDERE I BAMBINI CI SARANNO GENITORI, NONNI, FRATELLI, SORELLE, AMICI... NON MANCHERÀ NESSUNO!

– A ME NON PIACE RECITARE – SI LAMENTA CESCO. – NON MI PIACE FARE TUTTI QUEI VERSI…

– INFATTI È PER QUESTO CHE FAI L'ALBERO: DEVI STARE FERMO E DIRE SOLO UNA FRASE! È PERFETTO PER TE! – RIDE MIRIAM.

ANCHE CESCO RIDE: – SÌ, L'HO SCELTO IO!

MIRIAM SARÀ LA RONDINE, LA PROTAGONISTA DELLA RECITA.
AVRÀ UN ABITO BIANCO E NERO CON UNA CODA
A DUE PUNTE E RECITERÀ LE PRIME BATTUTE APPENA
SI APRIRÀ IL SIPARIO.

TEA INVECE SARÀ IL PAPAVERO E RECITERÀ UNA FILASTROCCA. INDOSSERÀ UN COSTUME VERDE E ROSSO CHE LE PIACE MOLTISSIMO: NON VEDE L'ORA CHE IL PAPÀ E LA MAMMA LA VEDANO! ANCHE IN CLASSE, QUANDO RIPETE LE POESIE, A TEA PIACE FARSI SENTIRE DAI COMPAGNI. CON LE RIME LE SEMBRA TUTTO PIÙ FACILE.

FINALMENTE ARRIVA IL GRANDE GIORNO E TUTTA LA SCUOLA È IN FERMENTO: C'È MOLTA AGITAZIONE TRA I BAMBINI E I MAESTRI!
LA MAESTRA ELGA HA MILLE COSE DA FARE: DEVE ANCHE TRUCCARE I PICCOLI ATTORI E AIUTARLI A INDOSSARE I LORO COSTUMI. IL MAESTRO CARLO È ALTRETTANTO INDAFFARATO: SISTEMA LE LUCI SUL PALCO E AGGIUSTA IL SIPARIO CHE HA CREATO LUI STESSO CON UNA GRANDE TENDA DI VELLUTO.

PIAN PIANO ARRIVANO I PRIMI SPETTATORI E INIZIANO A PRENDERE POSTO.

DA DIETRO LA TENDA CESCO INTRAVEDE LA SUA MAMMA E IL SUO PAPÀ. E ANCHE LIU FA UN CENNO DI SALUTO ALLA MAMMA E AL NONNO. – GUARDA, TEA, STA ENTRANDO ANCHE LA TUA FAMIGLIA! – LE DICE L'AMICA.

TEA SPIA DALLA TENDA E VEDE IL PAPÀ, LA MAMMA, MATTIA E I NONNI ENRICA, LEO, MATILDE E VASCO CHE SI SIEDONO. CHE STRANO EFFETTO LE FA VEDERE CHE TUTTA LA SUA FAMIGLIA È LÌ PER LEI!
ALL'IMPROVVISO, QUANDO MANCANO POCHI SECONDI ALL'APERTURA DEL SIPARIO, TEA SENTE IL SUO CUORE CHE COMINCIA A BATTERE FORTE FORTE: **PU-PUM, PU-PUM, PU-PUM**. È QUESTO IL RUMORE CHE FA!

FINALMENTE IL MAESTRO CARLO APRE IL SIPARIO
E MIRIAM, SVOLAZZANTE E SICURA DI SÉ, ENTRA IN SCENA
RIPETENDO A MEMORIA LA SUA PARTE.
DOPO DI LEI ECCO ENTRARE LIU, GRETA E OXSANA VESTITE
DA MARGHERITE, MALIK E PIETRO VESTITI DA GRILLI.
OGNUNO RIPETE LA PROPRIA PARTE RICEVENDO UN SACCO
DI APPLAUSI.

MA INTANTO IL CUORE DI TEA HA MESSO L'ACCELERATORE. **PU-PU-PUM, PU-PU-PUM, PU-PU-PUM** È IL RITMO CHE TIENE ADESSO! È IL SUO TURNO SUL PALCO, MA LA SUA TESTA ORA È VUOTA. "HO DIMENTICATO TUTTO!" PIAGNUCOLA DENTRO DI SÉ RIMANENDO IMMOBILE DIETRO LA TENDA.
COSÌ LA MAESTRA ELGA È COSTRETTA A CHIAMARLA:
– TEA, SBRIGATI, TOCCA A TE!

TEA ENTRA IN SCENA ACCOMPAGNATA DAGLI APPLAUSI DEGLI SPETTATORI. IN FONDO ALLA PALESTRA, VEDE I SUOI GENITORI CHE LA SALUTANO CON LA MANO E LA NONNA ENRICA CHE LE MANDA I BACI. MA, APPENA CALA IL SILENZIO, IL VISO LE DIVENTA ROSSO E CALDISSIMO.

LA FILASTROCCA CHE DEVE RECITARE E CHE HA RIPETUTO SENZA PROBLEMI PER TUTTA LA SETTIMANA NON VUOLE PROPRIO USCIRE DALLA SUA BOCCA.
NON RICORDA PIÙ SE INIZIA CON "BENVENUTA PRIMAVERA..." O "PRIMAVERA BENVENUTA..." O ADDIRITTURA: "BENTORNATA PRIMAVERA...". I SECONDI DI SILENZIO SEMBRANO TRASFORMARSI IN ORE E LE GAMBE LE TREMANO.
CHE IMBARAZZO PER TEA!

PER FORTUNA IN PRIMA FILA C'È IL MAESTRO CARLO CHE, SENZA FARSI VEDERE DAL PUBBLICO, LE SUGGERISCE LA FRASE D'INIZIO.

– BENVENUTA PRIMAVERA COLORATA E PROFUMATA! – RIPETE SUBITO TEA. DA QUEL MOMENTO ECCO CHE TUTTA LA FILASTROCCA ESCE FUORI UNA PAROLA DOPO L'ALTRA.

GRAZIE AL PICCOLO GRANDE AIUTO DEL MAESTRO CARLO, L'IMBARAZZO DI TEA SPARISCE E IL PUBBLICO APPLAUDE.

– SCUSA, MAESTRO! ALL'IMPROVVISO NON MI RICORDAVO PIÙ NIENTE! – SPIEGA TEA UNA VOLTA FINITO LO SPETTACOLO.

– NON DEVI ESSERE DISPIACIUTA – LA CONSOLA IL MAESTRO.

– L'IMBARAZZO È UN SENTIMENTO UN PO' MONELLO: ARRIVA QUANDO MENO TE LO ASPETTI PER METTERTI IN DIFFICOLTÀ. L'IMPORTANTE PERÒ È AFFRONTARLO E NON SCAPPARE, PROPRIO COME HAI FATTO TU! BRAVA, TEA!

IO DELLE VOLTE MI VERGOGNO, TIPO QUANDO DEVO SALUTARE QUALCHE COLLEGA DI PAPÀ CHE NON CONOSCO, O QUANDO LE AMICHE DELLA NONNA ENRICA MI FANNO I COMPLIMENTI. POI MI VERGOGNO QUANDO CESCO COMPIE GLI ANNI E DEVO DARGLI UN BACINO PER FARGLI GLI AUGURI... BLEH! DIVENTO PURE UN PO' ROSSA! ANCHE LUI PERÒ SI VERGOGNA QUANDO IL MAESTRO CARLO CI METTE IN FILA A DUE A DUE E DEVE DARMI LA MANO. CHE RIDERE, DIVENTA ROSSO COME I SUOI CAPELLI! E ALLORA MARCO DICE: "A CESCO PIACE TEA, A CESCO PIACE TEA!" E DIVENTIAMO ROSSI TUTTI E DUE. IO NON VOGLIO PIACERE A NESSUNO, UFFA!

E TU, DI CHE COSA TI VERGOGNI?

Se diventi rosso e i compagni ti prendono in giro, **ridici su anche tu** dicendo: – Che posso farci se il rosso mi dona?

Quando ti vergogni, immagina qualcosa di buffo e strampalato, tipo la maestra con la barba di Babbo Natale! **Ridere ti farà vincere l'imbarazzo!**

Sei famoso perché diventi rosso per tutto? **Giocaci su:** ritaglia da un foglio due cerchi, poi colorali come vuoi: blu, giallo, verde. Infine attaccali alle guance con il nastro adesivo: – Oggi, invece che rosso, sono diventato blu! – esclama all'improvviso. **Vedrai che risate vi farete in classe!**

TEA
È ARRABBIATA

OGGI PER TEA È UNA BRUTTA GIORNATA.
MENTRE TORNANO INSIEME DA JUDO, NONNO LEO NOTA SUBITO IL SUO VISETTO IMBRONCIATO.
NON C'È DUBBIO, TEA È ARRABBIATA! E LO È COSÌ TANTO CHE, ENTRANDO IN CASA, FILA DRITTA IN CAMERA E NON SI FERMA NEANCHE A SALUTARE IL GATTO ACHILLE E LA CAGNOLINA LORI CHE, IN GENERE, SONO I PRIMI CHE SBACIUCCHIA!

TEA È COSÌ ARRABBIATA CHE NON LE VA NEMMENO
DI GIOCARE CON LA BAMBOLA KELLY O CON GUIDO
IL CONIGLIO. E QUANDO TROVA UN PUPAZZO
DEL FRATELLINO MATTIA SOPRA AL SUO LETTO, SBOTTA:
– UFFA, CHE CI FA QUESTO QUI SUL MIO LETTO?
E LO LANCIA VIA MALAMENTE.

APPENA MATTIA TROVA IL SUO PUPAZZO BUTTATO PER TERRA CON LE ZAMPE ALL'ARIA, SCOPPIA IN UN PIANTO DISPERATO. – NONNOOO! TEA È CATTIVAAA! – URLA A BOCCA SPALANCATA.
– SEI UN PIAGNONE E UN FRIGNONE – GLI DICE TEA SGARBATAMENTE. – UE UEEE UE UEEE! – CONTINUA PRENDENDOLO IN GIRO.

– TEA, SMETTILA! – LA RIMPROVERA IL NONNO. – NON VEDI CHE COSÌ PIANGE ANCORA DI PIÙ?

MA, PER TUTTA RISPOSTA, TEA CAMBIA SUBITO DISCORSO:

– NONNO, ME L'HAI COMPRATO L'ULTIMO NUMERO DEL GIORNALINO DEGLI ANIMALI?

– NO, ALL'EDICOLA MI HANNO DETTO CHE NON È ANCORA USCITO E CHE ARRIVERÀ VENERDÌ.

– UFFAAA! MA IO LO VOLEVO ADESSO, NONNO! – SBOTTA NUOVAMENTE TEA.

– INSOMMA, TEA! – ESCLAMA IL NONNO. – NON FAI CHE ARRABBIARTI PER TUTTO E DIRE 'UFFA QUESTO' E 'UFFA QUELLO'. PERCHÉ FAI COSÌ? CHE COSA È SUCCESSO? RACCONTAMI...

– È SUCCESSO CHE IL LAVORETTO CHE HO FATTO A SCUOLA CON LA CRETA SI È ROTTO IN TRE PEZZI. CHE CESCO E MARCO HANNO FATTO I BUFFONI, MI HANNO FATTA DISTRARRE E NON HO CAPITO NULLA SULLA LEZIONE DEL 'QUI' E DEL 'QUA'. E POI È SUCCESSO CHE A JUDO HO SBAGLIATO TUTTO E IL MAESTRO MI HA PURE SGRIDATA!

– CAPISCO. MA FORSE È A TE CHE OGGI NON PIACE NIENTE! I VERSI DA BUFFONI DI CESCO E MARCO DI SOLITO TI FANNO RIDERE! NON MI SEMBRA CHE TI ABBIANO MAI DISTRATTA... – COMMENTA IL NONNO.

– SÌ, MA OGGI... OGGI INVECE SÌ! – RIBATTE TEA UN PO' OFFESA.

– CHISSÀ, FORSE È LA GIORNATA GRIGIA E PIOVOSA A FAR DIVENTARE GRIGIO IL TUO UMORE! – SORRIDE IL NONNO.

MA TEA DI RIDERE NON HA PROPRIO VOGLIA E IL BRONCIO È SEMPRE LÌ, A TIRARLE GIÙ GLI ANGOLI DELLA BOCCA. NON LE PIACE PER NIENTE SENTIRSI COSÌ: TUTTO QUELLO CHE IN GENERE LE PIACE, OGGI NON LE PIACE PIÙ. E NON C'È NULLA, PROPRIO NULLA, CHE LA RENDA CONTENTA. VORREBBE ROMPERE TUTTO, LANCIARE VIA TUTTO... VORREBBE URLARE, URLARE E URLARE ANCORA!

– NON PREOCCUPARTI, CAPITA A TUTTI DI ARRABBIARSI – CONTINUA IL NONNO. – E QUEI MOTIVI CHE A ME POSSONO SEMBRARE SCIOCCHI, SONO SICURO CHE PER TE NON LO SONO AFFATTO. MA RESTARE ARRABBIATI TROPPO TEMPO NON FA BENE: LA RABBIA È MEGLIO FARLA USCIRE AL PIÙ PRESTO!

– E COME SI FA, NONNO? IO CE L'HO TUTTA QUI DENTRO CHE MI PREME! – DICE TEA TOCCANDOSI LA TESTA CON ENTRAMBE LE MANI.

– BEH, PUOI SEMPRE PROVARE AD ABBRACCIARE IL CUSCINO!

– ABBRACCIARE IL CUSCINO? – RIPETE TEA INCURIOSITA.

– SÌ! QUANDO ERO PICCOLO E MI ARRABBIAVO, DIVENTAVO TERRIBILE: URLAVO, BATTEVO I PIEDI E FACEVO I DISPETTI A TUTTI. COSÌ UNA VOLTA IL MIO PAPÀ MI DIEDE UN CUSCINO SU CUI AVEVA DIPINTO UNA FACCIA SORRIDENTE E MI DISSE: "QUANDO SEI ARRABBIATO, INVECE DI PRENDERTELA CON TUTTI, PROVA AD ABBRACCIARE FORTE IL CUSCINO!".

– VOGLIO PROVARE! – DICE TEA PRENDENDO UN CUSCINO DAL SUO ARMADIO.

E IN POCHI MINUTI, AIUTATA DAL NONNO, DIPINGE SUL CUSCINO UN BEL FACCIONE SORRIDENTE.

– È PERFETTO! – RIDE IL NONNO. – HA PROPRIO LA FACCIA GIUSTA!

– ADESSO ABBRACCIALO FORTE, PIÙ FORTE CHE PUOI!

TEA LO AFFERRA E LO STRINGE CON FORZA.

– STA USCENDO LA RABBIA? – DOMANDA IL NONNO.

– NON LO SO… – RISPONDE TEA, TUTTA IMPEGNATA A STRINGERE IL CUSCINO.

– ALLORA CONTINUA, ABBRACCIALO ANCORA FORTE FORTE!

– FORSE STA USCENDO! – ESCLAMA TEA A UN TRATTO.

UN PO' TIMOROSI, MATTIA, LORI E ACHILLE SPIANO LA SCENA DA DIETRO LA PORTA DELLA CAMERA.

– CREDO CHE ANCHE LORO VOGLIANO UN ABBRACCIO... – SUGGERISCE IL NONNO. – MA NON STRIZZARLI COME IL CUSCINO, MI RACCOMANDO!

– CERTO! – RISPONDE TEA CORRENDO AD ABBRACCIARE IL FRATELLO E SUOI AMATI CUCCIOLI.

FINALMENTE ADESSO SORRIDE!

QUANDO RIENTRA A CASA, LA MAMMA VEDE IL CUSCINO DIPINTO E CHIEDE: – PERCHÉ C'È UNA FACCIA SU QUEL CUSCINO?

E SUBITO IL SUO VISO APPARE IMBRONCIATO...

– SEI ARRABBIATA? – DOMANDA TEA PREOCCUPATA.

– CERTO CHE SÌ! ERA NUOVO, L'HO COMPRATO UNA SETTIMANA FA!

MA ECCO MATTIA PRONTISSIMO: – ABBLACCIALO FOLTE, COSÌ TONNI CONTENTA!

ARRABBIARSI È UNA COSA MOLTO BRUTTA. QUANDO MI ARRABBIO, IO NON LO SOPPORTO PROPRIO DI SENTIRMI COSÌ, PERCHÉ TUTTO QUELLO CHE ERA BELLO ALL'IMPROVVISO DIVENTA BRUTTO.
ANCHE LA MAMMA MI SEMBRA BRUTTA QUANDO MI ARRABBIO, EPPURE LA MIA MAMMA È MOLTO BELLA!
E NON MI PIACE NEMMENO QUANDO LA MAMMA O IL PAPÀ SONO ARRABBIATI, PERCHÉ NON POSSIAMO FARE LE COSE DIVERTENTI INSIEME.
QUANDO SI È ARRABBIATI NON SI GIOCA PIÙ!

E TU, COSA FAI QUANDO SEI ARRABBIATO?

- Se sei molto arrabbiato, **prova a fischiettare** la sigla del tuo cartone animato preferito! Vedrai che pian piano scorderai anche perché eri arrabbiato!

- Per fermare la rabbia, puoi **provare a saltellare** per tutta la casa su una gamba sola!

- Per scacciare via la rabbia, Tea stringe il cuscino. Tu **prova a stringere il pupazzo che ti piace di più**! Vedrai che funziona!

TEA
È GELOSA

UN GIORNO, DENTRO L'ASTUCCIO DI LIU, TEA SCORGE DUE GOMME DA CANCELLARE A FORMA DI FRAGOLA IDENTICHE.

– HAI DUE GOMME UGUALI! – DICE SUBITO ALL'AMICA.

LE GOMME PROFUMATE LE PIACCIONO MOLTISSIMO: LEI, LIU E MIRIAM NE FANNO LA COLLEZIONE.

TEA LE TIENE DENTRO UNA SCATOLA DI METALLO CHE LE HA REGALATO NONNA ENRICA.

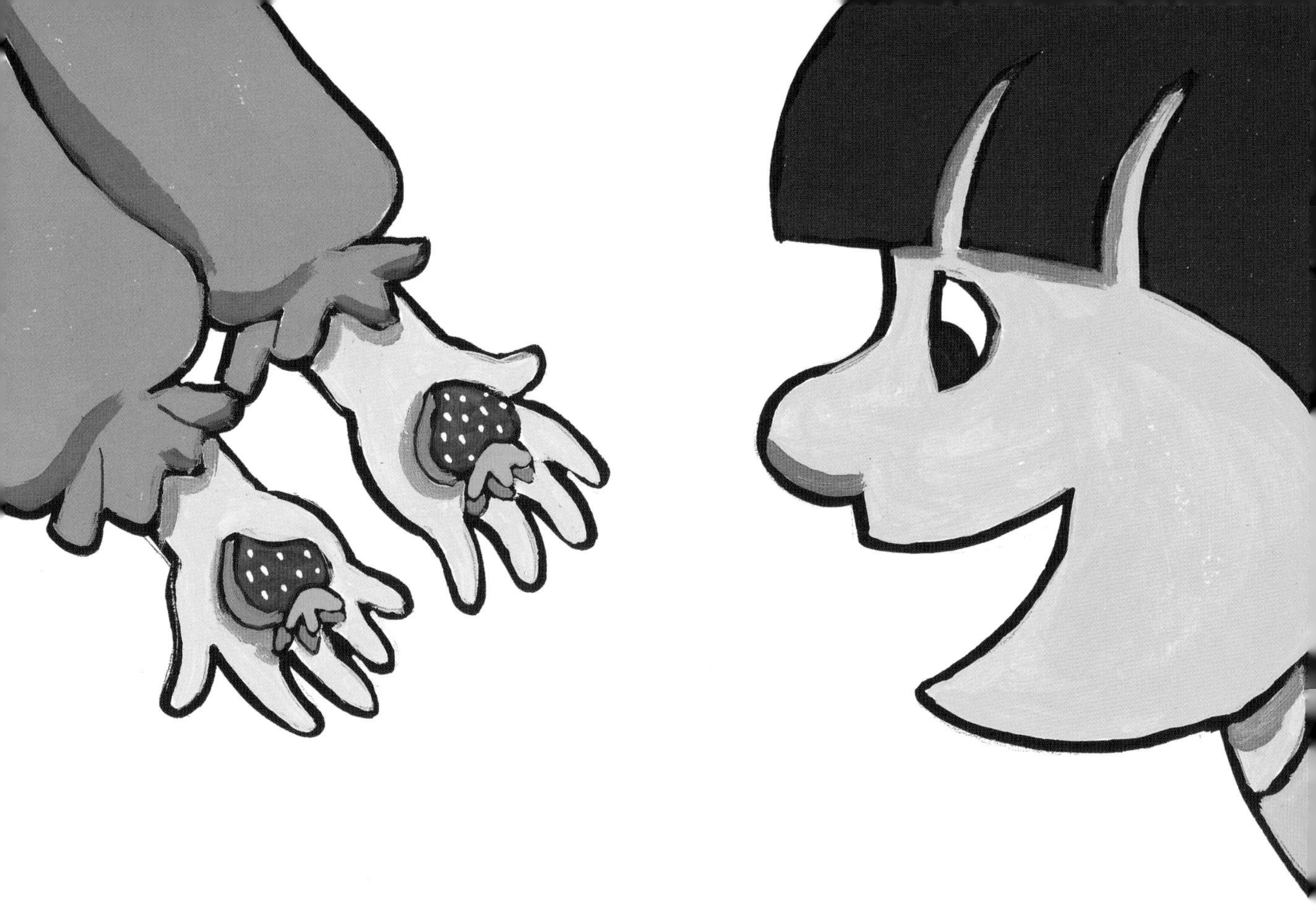

– SÌ. UNA ME L'HA COMPRATA LA MAMMA, L'ALTRA ME L'HA REGALATA IL NONNO PERCHÉ NON SAPEVA CHE CE L'AVEVO GIÀ – RISPONDE LIU.

– INVECE A ME MANCA LA GOMMA A FORMA DI FRAGOLA – CONTINUA TEA.

– MA… MICA LE USERAI PER CANCELLARE? – ESCLAMA POI.

– NO DI CERTO, ALTRIMENTI SI CONSUMANO!

– LE TIENI TUTTE E DUE? – INSISTE TEA.

– NON LO SO, CI DEVO PENSARE. UNA FORSE TE LA REGALO!

– EVVIVA! – NON PUÒ TRATTENERSI TEA.

– SÌ, MA NON LO SO ANCORA…

TEA È CONTENTA. PROBABILMENTE QUELLA GOMMA A FORMA DI FRAGOLA A BREVE STARÀ INSIEME A TUTTE LE ALTRE NELLA SCATOLA DI METALLO DOVE CI SONO GIÀ QUELLA A FORMA DI BISCOTTO, QUELLA A FORMA DI CARAMELLA, POI QUELLA A FORMA DI FIORE, QUELL'ALTRA A FORMA DI AUTOMOBILE…

UNA VOLTA TORNATA A CASA, TEA CONTINUA
A FANTASTICARE SULLA GOMMA A FORMA DI FRAGOLA.
E, COME FA SPESSO, PRENDE LA SCATOLA DI METALLO
E SI DIVERTE A RICONTARE TUTTE QUELLE CHE HA.
– VENTICINQUE! – ESCLAMA UNA VOLTA FINITO.
– PRESTO SARETE VENTISEI! – AGGIUNGE.

MA LA MATTINA DOPO, APPENA SI SIEDE ACCANTO A MIRIAM, TEA SI ACCORGE CHE NELL'ASTUCCIO DELLA SUA COMPAGNA DI BANCO C'È UNA GOMMA A FORMA DI FRAGOLA UGUALE SPICCICATA A QUELLA DI LIU.

– È TUA QUESTA GOMMA? – DOMANDA SUBITO TEA.

– SÌ! BELLA, VERO? ME L'HA REGALATA LIU!

TEA CI RIMANE MALISSIMO: CREDEVA CHE QUELLA GOMMA FOSSE UN REGALO PER LEI.

PERCHÉ INVECE CE L'HA MIRIAM?

FORSE LIU PREFERISCE MIRIAM A LEI?

TEA PENSAVA CHE FOSSERO TUTTE E TRE AMICHE ALLO STESSO MODO!

– SE VUOI, LA PUOI ANNUSARE. HA UN PROFUMO BUONISSIMO! – CONTINUA MIRIAM SENZA FARE CASO ALLA DELUSIONE DI TEA. – LA METTERÒ NELLA MIA COLLEZIONE. ORMAI NE HO QUARANTADUE! E CON QUESTA FANNO QUARANTATRÉ! – AGGIUNGE.

– NO, NON LA VOGLIO ANNUSARE – RISPONDE TEA BRUSCAMENTE.

ADESSO QUELLO CHE SENTE NON È PER NIENTE BELLO.
SI SENTE COME SE FOSSE UN PO' TRISTE E UN PO' ARRABBIATA INSIEME. COME SE AVESSE IL MAL DI PANCIA E IL MAL DI TESTA NELLO STESSO MOMENTO.
TEA È... GELOSA!

– IO NON SONO PIÙ AMICA DI LIU – ANNUNCIA TEA APPENA È A CASA. – E PERCHÉ? – DOMANDA LA MAMMA STUPITA.

– PERCHÉ LIU PREFERISCE MIRIAM A ME. LE HA REGALATO UNA GOMMA E A ME NO.

– DAVVERO? MA LIU TE L'AVEVA PROMESSA?

– QUASI – È LA RISPOSTA DI TEA.

– QUASI SÌ O QUASI NO? – INDAGA LA MAMMA.

– MI AVEVA DETTO CHE FORSE ME L'AVREBBE REGALATA... – SPIEGA TEA. – NON SONO PIÙ AMICA NEMMENO DI MIRIAM. IO QUELLE DUE NON LE SOPPORTO! – CONCLUDE.

– NON ESAGERARE, SONO SEMPRE STATE TUE AMICHE! – ESCLAMA LA MAMMA.

– DA OGGI NO – È LA RISPOSTA FERMA DI TEA.

– NON ESSERE GELOSA... IN FONDO MIRIAM NON HA NESSUNA COLPA DI AVER RICEVUTO UN REGALO DA LIU – SPIEGA LA MAMMA. – E LIU... BEH, SONO CERTA CHE CON LEI C'È STATO SOLO UN PICCOLO EQUIVOCO.

MA LA GELOSIA DI TEA RIBOLLE DENTRO COME UNA PENTOLA D'ACQUA SUL FUOCO: SI SENTE ESCLUSA DALL'AMICIZIA FRA LIU E MIRIAM. PENSA CHE LE SUE DUE AMICHE DEL CUORE NON LE VOGLIANO PIÙ BENE.

COSÌ LA MATTINA SEGUENTE A SCUOLA NON PARLA CON NESSUNA DELLE DUE. E IL POMERIGGIO, QUANDO VEDE ARRIVARE LIU AL PARCO, TEA SI VOLTA DALL'ALTRA PARTE E SE NE VA A GIOCARE PER CONTO SUO.

MA LIU LE SI AVVICINA E TIMIDAMENTE LE DICE: – ECCO LA GOMMA CHE TI AVEVO PROMESSO.

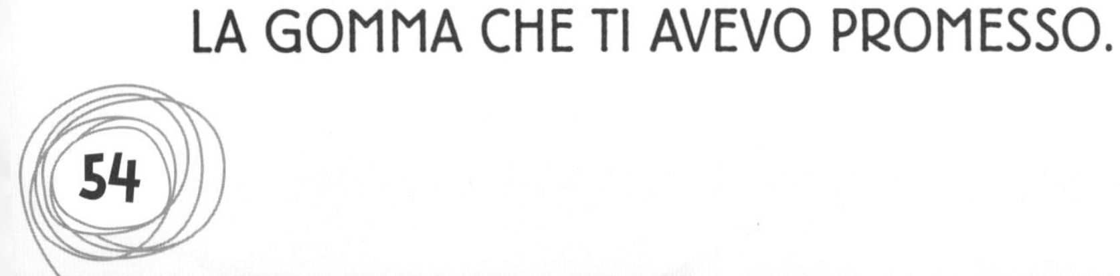

– MA È LA TUA GOMMA A FORMA DI FRAGOLA? – DOMANDA TEA MERAVIGLIATA.
– SÌ. QUANDO MIRIAM L'HA VISTA, HA INSISTITO TANTO PER AVERLA E NON HO SAPUTO DIRLE DI NO... PERÒ L'AVEVO PROMESSA PRIMA A TE! COSÌ ADESSO CE L'AVETE TUTTE E DUE!

– PERÒ TU SEI RIMASTA SENZA! – OSSERVA TEA.

– SÌ, MA NON IMPORTA: FRA POCHI GIORNI È IL MIO COMPLEANNO E POSSO CHIEDERE ALLA MAMMA O AL NONNO SE ME NE REGALANO UN'ALTRA!

TEA RIMANE SENZA PAROLE: LA MAMMA AVEVA RAGIONE, LIU È ANCORA SUA AMICA!

E QUANDO SI HANNO DEGLI AMICI VERI, TUTTO SI AGGIUSTA E LA GELOSIA SPARISCE!

A VOLTE MI SEMBRA CHE TUTTI VOGLIANO PIÙ BENE A MATTIA INVECE CHE A ME, SOPRATTUTTO QUANDO CON LUI RIDONO E SCHERZANO O GLI FANNO LE COCCOLE. E ALLORA MI SENTO TUTTA STRANA, MI VIENE IL NERVOSO, MI VIENE DA PIANGERE E NON CAPISCO PIÙ NULLA!
LA NONNA DICE CHE È PER COLPA DELLA GELOSIA.
MA CHE VUOLE DA ME LA GELOSIA? MI STA MOLTO ANTIPATICA, HA LA FACCIA DA STREGA E I CAPELLI DRITTI IN TESTA. PERÒ MI SA CHE OGNI TANTO ANCHE MATTIA È GELOSO, TIPO QUANDO IL PAPÀ MI ABBRACCIA FORTE FORTE O QUANDO GIOCO DA SOLA CON LA MAMMA!

E TU, COSA FAI QUANDO SEI GELOSO?

Disegna su un foglio un bel fiore o un pesciolino colorato e regalalo alla persona di cui sei geloso! La sentirai più vicina e la gelosia si farà da parte!

Se la gelosia ti fa pensare a cose brutte, **indossa un cappello della mamma**. È magico e serve a pensare solo a cose belle!

Disegna su un foglio la gelosia, poi piega il foglio per farne un aeroplanino e **falla volare il più lontano possibile**!

TEA
È FELICE

OGGI È LUNEDÌ E A SCUOLA C'È IL "RACCONTAMI" CON IL MAESTRO CARLO: I BAMBINI, A TURNO, RACCONTANO ALLA CLASSE UNA STORIA LEGATA AL TEMA CHE ANNUNCIA IL MAESTRO.

– IL TEMA DI OGGI È "COS'È LA FELICITÀ?". NON VEDO L'ORA DI ASCOLTARVI. CHI VUOLE INIZIARE?

LIU ALZA LA MANO E, TIMIDAMENTE, INIZIA IL SUO RACCONTO:

– IO SONO FELICE TUTTE LE SERE, QUANDO IL NONNO MI LEGGE LE STORIE PRIMA DI ANDARE A LETTO. MA ANCHE QUANDO NON LE LEGGE, MA MI RACCONTA DI QUANDO ERA BAMBINO E VIVEVA IN CINA. IO MI IMMAGINO TUTTO COME SE GUARDASSI UN FILM...

– SONO TANTE LE COSE CHE MI FANNO FELICE – AFFERMA CESCO QUANDO TOCCA A LUI. – PER ESEMPIO... RISOLVERE IN MENO DI SESSANTA SECONDI I PROBLEMI DI ARITMETICA! POI FARE LA FESTA DI COMPLEANNO DUE VOLTE: CON LA FAMIGLIA E CON GLI AMICI. E POI... BOH, NON SO!

TUTTA LA CLASSE RIDE: CESCO È SEMPRE UN PO' IMPACCIATO QUANDO DEVE PARLARE DI SÉ!

MIRIAM INVECE ADORA CHIACCHIERARE E DILUNGARSI SUI PARTICOLARI.

– SONO TROPPISSIMIMISSIME LE COSE CHE MI RENDONO FELICE!

– TROPPISSIMIMISSIME! – RIPETE LA CLASSE DIVERTITA.

– MA LA COSA PIÙ BELLA È QUANDO FACCIO IL SAGGIO DI DANZA E HO IL TUTÙ PIENO DI VELI. È BELLO QUANDO MI FANNO L'APPLAUSO PERCHÉ SONO STATA BRAVA… – CONTINUA.

– IO SONO FELICE QUANDO LA NONNA CI MANDA IL PACCO DAL PERÙ PIENO DI COSE DA MANGIARE E DENTRO CI TROVO LE CARAMELLE AL MAIS NERO – INIZIA JOSÉ QUANDO È IL SUO TURNO.

LA CLASSE ASCOLTA A BOCCA APERTA.

I RACCONTI DI JOSÉ SONO SEMPRE BELLISSIMI E I BAMBINI ADORANO LE SUE CARAMELLE AL MAIS!

– E A TE, MALIK, CHE COSA TI RENDE FELICE?

– IO SONO FELICE QUANDO FACCIO IL BUFFONE E LE PERSONE RIDONO. MI PIACE TROPPO FAR RIDERE, MI PIACE COSÌ TANTO CHE HO DECISO CHE DA GRANDE VOGLIO FARE IL COMICO E FAR RIDERE UN TEATRO INTERO!

– È VERO, LA CLASSE RIDE SEMPRE MOLTO QUANDO FAI IL BUFFONE! – AGGIUNGE DIVERTITO IL MAESTRO.

– ORA È IL TURNO DI TEA... – DICE IL MAESTRO.

– LA COSA CHE MI FA PIÙ FELICE SUCCEDE UNA VOLTA ALLA SETTIMANA! – INIZIA TEA.

– SCOMMETTO CHE È LA LEZIONE DI JUDO! – INTERVIENE MIRIAM.

– NO. E POI A JUDO CI VADO DUE VOLTE ALLA SETTIMANA – PRECISA TEA.

– È LA DOMENICA AL PARCO CON IL PAPÀ E LORI! – RACCONTA TEA. – SICCOME DURANTE LA SETTIMANA NON C'È MAI TEMPO PER FARE NULLA PERCHÉ TUTTI HANNO PAURA DI FARE TARDI A SCUOLA, AL LAVORO, AL SUPERMERCATO... LA DOMENICA È BELLA PERCHÉ SI PUÒ FARE TUTTO CON CALMA!

– IO E IL PAPÀ PORTIAMO LORI A SPASSO NEL PARCO VICINO A CASA. MENTRE CAMMINIAMO, INCONTRIAMO TANTI SIGNORI CON I CANI: LI CONOSCIAMO GIÀ QUASI TUTTI! – PRECISA TEA. – C'È UNA SIGNORA CON UN BULLDOG MOLTO BUFFO CHE RESPIRA COSÌ: GHHGHHGHH... I BULLDOG SONO SEMPRE AFFATICATI! – DICE TEA MENTRE LA CLASSE RIDE DELLA SUA IMITAZIONE.

– OGNI VOLTA CHE ANDIAMO AL PARCO, LORI FA UNA NUOVA AMICIZIA. PERÒ SECONDO ME I CANI SONO UN PO' MATTI: PER FARE AMICIZIA SI ANNUSANO SOTTO LA CODA E GIRANO COME TROTTOLE! – RACCONTA DIVERTITA.
E ANCHE LA CLASSE SCOPPIA DI NUOVO A RIDERE.

– POI C'È QUEL SIGNORE CHE HA UN CANE DI NOME ERCOLE. CON LE PERSONE ERCOLE È BUONO, MA AI CANI RINGHIA SEMPRE E ALLORA IO LO CHIAMO 'ERCOLE IL RINGHIONE'. LORI VORREBBE GIOCARE CON LUI, MA IL PAPÀ NON SI FIDA DI ERCOLE IL RINGHIONE, COSÌ TIENE LORI STRETTA AL GUINZAGLIO. NON SI SA MAI!

– NEL NOSTRO GIRO INCONTRIAMO QUASI SEMPRE LE DUE MIGLIORI AMICHE DI LORI: GAIA, CHE È BIANCA, GRANDE E TRANQUILLISSIMA E MAIA, CHE INVECE È MARRONCINA, PICCOLA E PEPERINA, COME DICE IL PAPÀ.
A TEA LA PAROLA 'PEPERINA' PIACE MOLTO, LA FA RIDERE UN SACCO!

– LORI SALTA, CORRE E SI MORDICCHIA CON GAIA E MAIA. POI, QUANDO È STANCA, SI SDRAIA SULL'ERBA A MASTICARE UN LEGNETTO. I LEGNETTI LE PIACCIONO COSÌ TANTO CHE UNA VOLTA ANCH'IO HO VOLUTO ASSAGGIARNE UNO. ALL'INIZIO IL MIO PAPÀ SI È ARRABBIATO UN PO', PERÒ POI SI È MESSO A RIDERE. IL LEGNETTO NON ERA BUONO PER NIENTE!

– UNA VOLTA FINITA LA PASSEGGIATA, IO, LORI E IL PAPÀ TORNIAMO A CASA PER IL PRANZO DELLA DOMENICA CHE È MEGLIO DI QUELLO DELLA SETTIMANA, PERCHÉ C'È PIÙ TEMPO PER CUCINARE E DA MANGIARE CI SONO COSE PIÙ BUONE! ECCO COS'È LA FELICITÀ PER ME!

ALLA FINE DEI RACCONTI, IL MAESTRO CARLO COMMENTA:
– I VOSTRI RACCONTI SONO STATI UNO SPASSO. COME AVETE SENTITO, LA FELICITÀ SI NASCONDE NELLE PICCOLE E NELLE GRANDI COSE DI OGNI GIORNO! – CONCLUDE.
– MAESTRO, A TE COS'È CHE TI FA FELICE? – GLI DOMANDA A UN TRATTO TEA.
– FACILE: STARE INSIEME A VOI OGNI GIORNO! QUANDO MI CAPITA DI RIDERE COSÌ TANTO?

QUANDO SONO FELICE MI VIENE VOGLIA DI SALTARE, FARE LE CAPRIOLE E URLARE. E POI MI VIENE VOGLIA DI ABBRACCIARE TUTTI: LA MAMMA, IL PAPÀ, I NONNI, LORI, ACHILLE. E MATTIA MI SEMBRA IL FRATELLINO MIGLIORE DEL MONDO E LO STRAPAZZO DI COCCOLE!
E POI SONO FELICE QUANDO C'È IL MIO CARTONE PREFERITO IN TV, E ANCHE QUANDO VENGONO I MIEI AMICI A GIOCARE A CASA. POI QUALCHE VOLTA VENGONO I NONNI CHE MI PORTANO UN BEL GIOCHINO E IO SONO STRA-SUPER-FELICE!

E TU, COSA FAI QUANDO SEI FELICE?

- Se sei tanto tanto felice, **regala un po' della tua felicità**: fai un gesto carino a qualcuno a cui vuoi bene!

- Se sprizzi gioia da tutti i pori, **scrivi tanti pensierini allegri** su dei foglietti. Poi piegali, mettili in un barattolo di vetro e falli pescare a un amico che si sente un po' triste!

- Fai una gara con un amico: chi di voi, **sorridendo**, fa vedere più denti? Contare per credere!

TEA
HA PAURA

– OGGI VIENE LA MAMMA A PRENDERMI – DICE TEA A GRETA, QUANDO SUONA LA CAMPANELLA.

– INVECE A PRENDERE ME VENGONO I NONNI – DICE L'AMICA. – RESTO DA LORO PER MERENDA! LA NONNA MI HA FATTO LA FOCACCIA!

TEA È SEMPRE CONTENTA QUANDO SUONA LA CAMPANELLA PERCHÉ, ANCHE SE ANDARE A SCUOLA LE PIACE, TORNARE A CASA DAI SUOI GIOCHI PREFERITI LE PIACE MOLTO DI PIÙ.

OGGI, POI, VIENE A PRENDERLA LA MAMMA E TEA POTRÀ GODERSI TUTTO IL POMERIGGIO SOLA CON LEI.
IL FRATELLINO MATTIA È CON I NONNI IN CAMPAGNA E IL PAPÀ HA UNA LUNGA RIUNIONE DI LAVORO E TORNERÀ TARDI.

– LA MAMMA MI HA PROMESSO CHE GIOCHEREMO INSIEME A SABBIA MAGICA E CHE, CON LA STOFFA DI UNA VECCHIA MAGLIETTA, CUCIREMO UN VESTITINO NUOVO PER LA BAMBOLA KELLY – ESCLAMA TEA.

– CHE BELLO! – COMMENTA GRETA.

PRIMA DI USCIRE, IL MAESTRO CARLO FA DISPORRE I BAMBINI A DUE A DUE E POI LI ACCOMPAGNA DAVANTI ALL'USCITA, DOVE ASPETTA CON LORO CHI LI VERRÀ A PRENDERE.

TEA È SEMPRE UNA DELLE PRIME AD ANDARE VIA: I SUOI NONNI E I SUOI GENITORI SONO SEMPRE IN ANTICIPO!

OGGI PERÒ NON È COSÌ. UNO ALLA VOLTA, I SUOI COMPAGNI SE NE VANNO, MA PER TEA NON C'È NESSUNO.

– NON VIENE LA TUA MAMMA? – LE DOMANDA GRETA MENTRE SI ALLONTANA CON I NONNI.

– CERTO CHE VIENE! – RISPONDE TEA.

PERÒ LA MAMMA ANCORA NON SI VEDE E DOPO DIECI MINUTI I SUOI COMPAGNI SONO GIÀ ANDATI TUTTI VIA.

VEDENDO IL FACCINO PREOCCUPATO DI TEA, IL MAESTRO CARLO PROPONE: – TELEFONIAMO ALLA MAMMA?
– SÌ SÌ! – ESCLAMA TEA.
– MMM, IL CELLULARE DICE CHE NON È RAGGIUNGIBILE...
A TEA NON PIACE AFFATTO QUESTA COSA CHE LA MAMMA NON È RAGGIUNGIBILE. LA MAMMA È SEMPRE RAGGIUNGIBILE! LA MAMMA C'È SEMPRE!

"SÌ, MA ADESSO DOV'È?" PENSA TEA.

È COSÌ SPAVENTATA CHE I SUOI PENSIERI COMINCIANO A FARSI BRUTTI E IL SUO CUORICINO COMINCIA A FARE **TUTUM TUTUM TUTUM TUTUM** COSÌ FORTE, CHE LE SEMBRA DI SENTIRLO IN GOLA.

"COME È POSSIBILE CHE SI SIA DIMENTICATA DI ME?" PENSA.

"LO SA CHE SONO QUI A SCUOLA. CI VENGO TUTTI I GIORNI!"

– CHIAMIAMO IL PAPÀ! – SUGGERISCE IL MAESTRO CARLO.
– FORSE LUI SA PERCHÉ LA MAMMA RITARDA!
MA IL TELEFONO DEL PAPÀ DI TEA SUONA SUONA E SUONA,
MA NON RISPONDE NESSUNO.
– PAPÀ È ALLA RIUNIONE E NON SENTE IL CELLULARE – DICE
TEA AL MAESTRO. – GLI HA TOLTO LA SUONERIA –
AGGIUNGE PIAGNUCOLANDO.

LA PAURA DI TEA CRESCE E LE PAROLE DEL MAESTRO PER TRANQUILLIZZARLA SERVONO A BEN POCO.
SI SENTE SOLA E LE VIENE DA PIANGERE.
"DOV'È FINITA LA MAMMA? PERCHÉ NON VIENE SUBITO DA ME? PERCHÉ NON È GIÀ QUI?"
LE DOMANDE SCORRONO VELOCI E IL SUO CUORICINO RISPONDE SEMPRE PIÙ FORTE: **TUTUM TUTUM TUTUM**.

– SONO GIÀ PASSATI TRENTA MINUTI – DICE TEA.

LO HA VISTO DALL'OROLOGIO CHE IL MAESTRO HA AL POLSO!

– TRENTA MINUTI SONO TANTISSIMI! – CONTINUA.

MA PROPRIO IN QUEL MOMENTO…

– ECCO LA TUA MAMMA! – INDICA IL MAESTRO.

SÌ, È PROPRIO LA MAMMA CHE HA PARCHEGGIATO LA MACCHINA E SI AFFRETTA VERSO DI LORO!

– MAMMA! – GRIDA TEA ABBRACCIANDOLA. – CREDEVO CHE NON VENISSI MAI PIÙ!

– SCUSAMI, TESORO, MA È SUCCESSO DI TUTTO: SONO USCITA PIÙ TARDI DAL LAVORO A CAUSA DI UN PROBLEMA DELL'ULTIMO SECONDO. POI HO TROVATO UN ENORME INGORGO NEL TRAFFICO! HO PROVATO A CHIAMARE IL MAESTRO, MA IL MIO TELEFONINO SI È SCARICATO!

MA TEA NON ASCOLTA GIÀ PIÙ.
SI TIENE STRETTA STRETTA ALLA SUA MAMMA: ADESSO CHE È LÌ CON LEI, LA PAURA È SPARITA E IL PENSIERO CORRE GIÀ A TUTTI I GIOCHI CHE A CASA FARANNO INSIEME!

UNA VOLTA AVEVO PAURA DEL BUIO. PERÒ LO ZIO ANDREA MI HA INSEGNATO CHE IL BUIO È COSÌ NERO PER VEDERE LE COSE LUMINOSE E ADESSO NON HO PIÙ PAURA. PERÒ MICA ESISTE SOLO LA PAURA DEL BUIO! CI SONO LA PAURA DEI RAGNI, LA PAURA DELLE PUNTURE SUL SEDERE, LA PAURA DI NUOTARE, LA PAURA DEL DENTISTA, LA PAURA DI QUALCUNO NASCOSTO SOTTO IL LETTO O DIETRO LA TENDA! OGNI TANTO MI DIVERTO A FAR PAURA A MATTIA. MI NASCONDO DIETRO UNA PORTA E APPENA LUI ARRIVA... BUUUH! GLI URLO E LUI SI SPAVENTA TANTISSIMO! PERÒ ADESSO CHE HA IMPARATO, È LUI CHE MI FA GLI SCHERZI E IO, PER LA PAURA, FACCIO CERTI SALTI!

E TU, DI COSA HAI PAURA?

- Se sei un super fifone, inventa insieme a mamma, papà o chi vuoi tu, una **filastrocca del coraggio** e ripetila come **formula magica** ogni volta che sei impaurito.

- Se hai tanta paura del buio, **immagina di essere un gatto** che si muove in silenzio nella notte. Il gatto ama il buio, per lui è il momento più felice della giornata!

- Hai paura di vedere i mostri? **Indossa gli occhiali da sole di papà**: sono magici e con loro sul naso i mostri spariranno!

TEA